SCHOLASTIC INC.
New York Toronto London Auckland
Sydney Mexico City New Delhi Hong Kong

A Dog, que siempre disfruta de los chistes de perros

Originally published in English as *The Puppy Place: Honey*

ISBN 978-0-545-27410-4

12 11 10 9 8 7 6 5 4 3 2 13 14 15 16/0

Printed in the U.S.A. 40
First Spanish printing, January 2011

CAPÍTULO UNO

—¡Despacio, Chico! —dijo Charles sujetando duro la correa.

Chico era solo un cachorrito, pero tenía mucha fuerza. Caminaba tan rápido que iba arrastrando a Charles.

—Está desesperado por ver a sus hermanas —dijo Sammy.

—A lo mejor —respondió Charles dudoso—. Pero es que Chico siempre está desesperado. Es como el chiste favorito de papá: un perro mete la cabeza en el plato y se traga la comida sin masticar. Y su dueño le pregunta: ¿Cuál es el apuro? ¿Se te hizo tarde para dormir la siesta?

Sammy soltó una carcajada.

"Era genial ser el mejor amigo de Sammy", pensó

Charles. Siempre se reía de sus chistes. Y él también de los de Sammy.

De hecho, los dos chicos estaban escribiendo juntos un libro de chistes. Al principio se iba a llamar *Los 101 mejores chistes de perros,* pero descubrieron que ya existía un libro con ese título y no les quedó más remedio que cambiarlo. Ahora el libro se llamaría *Los 102 mejores chistes de perros.*

—¡Ese podría ser el chiste número noventa y ocho del libro! —dijo Sammy—. ¡Ya casi estamos terminando!

—Todavía faltan las ilustraciones —dijo Charles.

Los chicos suspiraron al mismo tiempo. Ninguno de los dos era bueno dibujando perros. Sammy sabía pintar dinosaurios y aviones, y a Charles le quedaban muy bien los autobuses escolares y los camiones de volteo. Pero dibujar un perro era muy difícil, y un libro sobre animales luciría mucho mejor con ilustraciones.

Sammy decía que el libro podría llegar a ser un *bestseller* y que ellos se volverían ricos. Pero Charles no estaba tan seguro. Honestamente, era algo que ni siquiera le importaba. Él solo quería divertirse inventando y escribiendo chistes.

En ese momento, Chico volvió a halar la correa. Esta vez era para olisquear un árbol. Al perrito le encantaba olisquear todo tipo de cosas. Charles se detuvo, tratando de no perder la paciencia. Hasta que al fin Chico levantó su pata e hizo pipí. Cuando terminó, se quedó mirando a Charles.

¿Qué estamos esperando? ¡Anda! ¡Vamos ya!

Chico comenzó a caminar de nuevo arrastrando a Charles, quien movió la cabeza y sonrió. Sí, a veces Chico era muy majadero, pero ese perrito era lo que más quería en el mundo. Tenía un pelo marrón muy suave, unos enormes ojos color café y un lunar blanco en forma de corazón en medio del pecho. Chico había llegado a casa de Charles para pasar unos días, y terminó convirtiéndose en un miembro más de su familia. La familia Peterson lo adoraba: Lizzie, la hermana mayor de Charles, Frijolito, su hermanito pequeño (su nombre real era Adam), su papá y hasta su mamá, que siempre había preferido a los gatos. Todos se habían enamorado de Chico.

La familia Peterson se dedicaba a cuidar cachorritos desamparados. Los protegían y les daban cariño mientras les encontraban un hogar para siempre. El primer cachorrito que cuidó la familia Peterson lo adoptaron Sammy y sus padres, que eran vecinos de los Peterson. El cachorrito se llamaba Canela y era un golden retriever. Canela y Chico eran tan buenos amigos como Charles y Sammy.

—Quizás tengas razón y Chico está emocionado porque va a visitar a sus hermanas —dijo Charles mientras el perrito lo halaba.

Lo cierto era que ya Charles le había dicho a Chico que esa era la razón principal por la que habían salido a pasear aquella hermosa mañana de febrero. Charles le había explicado a Chico que iba a tener una reunión familiar en la librería Libros con Suerte. Y no una reunión con la familia Peterson, sino con su familia canina.

Cuando Chico llegó a la casa de Charles por primera vez, lo acompañaban su mamá y sus dos hermanas cachorritas. En ese entonces la familia Peterson nunca había cuidado a una familia completa de perros, así que fue un gran desafío para ellos encontrar el hogar perfecto para cada perro.

Jerry Small, el dueño de la librería, adoptó a Coco, la mamá de los cachorros. La perra se pasaba todo el día dando vueltas entre los libros y los clientes de Jerry la adoraban. ¡Era la reina del lugar! A Choco y Miel, las hermanas de Chico, las adoptó Mary Thompson, que era una escritora de verdad. De hecho, se había vuelto famosa por su libro *Tantos perritos.* Lo más increíble era que Choco y Miel se parecían mucho a los cachorritos que aparecían en el libro. Por eso fue perfecto que Mary decidiera llevarlas a vivir con ella.

De vez en cuando, Mary se ponía de acuerdo con la familia Peterson para que Coco y sus cachorros se reunieran. Siempre era divertido ver a los tres cachorros jugar mientras Coco observaba orgullosa a sus crías. Mary había llamado esa mañana y todos estuvieron de acuerdo en que ya era hora de que la familia se viera nuevamente. Como Lizzie estaba trabajando de voluntaria en el refugio de animales, Charles era el encargado de llevar a Chico.

Charles se preguntaba si Chico realmente entendía que iba a encontrarse con su familia canina. A veces cuando Charles o Lizzie le preguntaban: ¿Quieres ver a Miel y Choco?, Chico levantaba las orejas y comenzaba a mover la colita como si hubiera entendido lo que le decían. Pero bueno, Chico también reaccionaba así cuando le preguntaban: ¿Quieres una galletita? o ¿Quién es el perrito más bueno?, o hasta ¿Quién es el perrito más majadero?

La verdad es que Chico era un cachorrito muy alegre que siempre salía corriendo cuando alguien quería sacarlo a pasear. Algunas veces el papá de Charles lo llevaba a la estación de bomberos donde trabajaba, y otras veces la mamá de Charles, que era reportera, lo llevaba a la oficina del periódico en el que trabajaba. Una vez Chico visitó la escuela de Charles y Lizzie con la Sra. Peterson. Lizzie pudo hacer una demostración sobre el entrenamiento de perros. Y la Sra. Peterson dijo que Chico había subido derechito por la escalinata de la entrada de la escuela como si él fuera allí todos los días de su vida. ¡Y que hasta había olisqueado la puerta del 2B, el salón de Charles!

—¡Llegamos! —dijo Charles cuando entraron en la librería—. Tu tienda favorita, Chico.

Todos los perros son bienvenidos en Libros con Suerte; incluso, Jerry Small tiene un mural lleno de fotos de "asiduos visitantes" caninos. Y detrás del mostrador siempre guarda una vasija con galletitas para perros. Chico sabía perfectamente dónde estaba la vasija y cada vez que llegaba al lugar halaba a Charles hasta allí.

—¡Hola, Chico! —dijo Jerry, que estaba parado detrás de la caja registradora. Metió la mano en la enorme vasija de cristal y sacó unas cuantas galletitas.

Al parecer, Coco sintió que alguien destapaba la vasija porque salió disparada de su rincón muy cerca de la cafetería de la tienda.

Chico y Coco devoraron las galletitas y comenzaron a olisquearse mutuamente sin parar de mover la cola. Chico apoyó sus patas en el lomo de Coco y empezó a mordisquear a su mamá.

—¿Dónde están Miel y Choco? —preguntó Charles.

—Ya deben estar por llegar —respondió Jerry en el mismo momento en que sonó la campanita de la puerta de entrada.

Efectivamente, era Mary Thompson. Sujetaba dos correas verdes en su mano derecha, una para Miel y otra para Choco. Y en la mano izquierda, sujetaba una correa roja para una cachorrita alta y delgaducha de color amarillento que zigzagueaba entre sus pies, enredando las correas.

—¿Y ella quién es? —preguntó Charles mientras se arrodillaba para abrazar a los perritos.

La cachorrita de color amarillento se subió en el regazo del niño (a pesar de que ya casi era una perrita grande) y comenzó a lamerle la cara con su lengua áspera y rosada.

—También se llama Miel —dijo Mary Thompson—. Tiene casi un año y es inteligente, tierna y encantadora... ¡y necesita un hogar!

CAPÍTULO DOS

—¿Otra perrita llamada Miel? ¿Es un chiste, verdad? —preguntó Charles a Mary—. ¿Y estás segura de que necesita un hogar? Con lo linda que es, ¿cómo no va a tener un hogar?

Miel comenzó a lamerle las orejas a Charles. Le hacía tantas cosquillas que el chico no paraba de reír.

¡Mmm, qué rico! ¡Me gusta el sabor de este niño! Y si se ríe tanto es porque le gusta lo que le estoy haciendo. ¡Creo que le lameré un poquito más las orejas!

Chico, que casi siempre se ponía un poquito celoso de los otros cachorros, trató de saltar por encima de Miel para poder lamer la otra oreja de Charles. Mary soltó a las otras perritas para que se unieran a la diversión. Charles cayó sobre el piso alfombrado de la librería, extendió los brazos y todos los cachorritos saltaron sobre él, mordisqueándolo y lamiéndolo sin parar de mover las colitas. Coco también se acercó y tocó con su pata el brazo de Charles para llamar su atención, al mismo tiempo que olfateaba a sus cachorros.

—¡La pilita! —gritó Sammy, tirándose junto a Charles para unirse al juego, y en un segundo los cachorros se abalanzaron sobre él.

Mary y Jerry se rieron.

—Creo que están felices de verse —dijo Jerry.

—¡No hay nada más divertido que una reunión familiar de perros! —dijo Mary.

Finalmente, Charles se puso de pie y respiró profundo. Abrazó a la perrita nueva y le dio un beso en la cabecita.

—¿En serio que esta cachorrita necesita un hogar? —preguntó.

Mary asintió.

—Miel pertenecía a una amiga mía que la adora. Pero mi amiga y su familia se mudan a Londres, Inglaterra, y si quieren llevarla con ellos Miel tendrá que estar en cuarentena durante seis meses.

—¿Cuaren... qué? —preguntó Sammy.

—Cuarentena. Eso quiere decir que debe estar alejada de los demás perros, en caso de que tenga alguna enfermedad. Por otra parte, tendrá que vivir en una perrera durante ese tiempo.

—¡Pero parece una perrita saludable! —dijo Charles.

—Y lo es, pero eso no importa —explicó Mary—. Es una ley. Y mi amiga no soportaría dejarla en una perrera por tanto tiempo. Ella pensó que yo podría adoptarla, al fin y al cabo ya tengo una perrita llamada Miel... —Mary hizo una pausa y luego continuó mientras negaba con la cabeza—. Pero ya lo intenté por tres días y no funciona. Miel ha ido a la guardería de cachorros y a clases de obediencia. Su familia le enseñó a tener buena conducta y a relacionarse con las demás personas y los perros. Ya tiene casi un año, pero es todavía una cachorrita... ¡y yo no puedo lidiar con tres perritos traviesos al mismo tiempo!

Charles la entendía perfectamente. Como decía su mamá, un solo cachorro a veces era un verdadero dolor de cabeza.

—Bueno —dijo—, a lo mejor podría adoptarla. O sea, mi familia.

Charles abrazó a Miel imaginando lo divertido que sería llevarla a casa.

A Mary se le iluminó el rostro.

—¡Eso era justo lo que esperaba! —dijo sonriendo nerviosa—. Es más, ¿crees que puedas llevártela hoy mismo? Tengo invitados en mi casa para cenar y no creo que me dé tiempo a prepararlo todo con tres cachorritos corriendo por todos lados.

Charles se mordió los labios.

—Esto... no lo sé... tengo que llamar a mi mamá para preguntarle.

—¡Olvídate de eso! —dijo Sammy moviendo la cabeza—. ¡Llévatela! Tú sabes que tu mamá será incapaz de decir que no cuando vea a esta perrita tan linda.

Charles puso los ojos en blanco. Sammy siempre tenía ideas locas. Como el día en que se le ocurrió que debían hipnotizar a la mamá de Charles para que no se negara a adoptar a Canela, la primera perrita que la familia Peterson cuidó; o cuando quería ir a cazar fantasmas a una vieja casa abandonada.

Pero lo cierto es que, de vez en cuando, a Sammy se le ocurría alguna buena idea. Y Charles tenía la corazonada de que esta era una de esas veces. Además, ¿quién podría ser capaz de no recibir en su casa a una perrita tan linda y tierna como Miel? Aunque fuera por unos días, hasta encontrarle el hogar ideal.

—Está bien —dijo—. Me la llevo.

Mary lo miró aliviada.

—¿En serio? ¡Perfecto!

Jerry Small parecía preocupado.

—Charles, ¿estás seguro? —preguntó—. Si quieres usa mi teléfono y llama a tu mamá.

Pero Charles no lo escuchó. Tenía la nariz metida en el suave y perfumado pelo de Miel mientras la abrazaba. No iba a permitir que su mamá se negara a quedarse con esa cachorrita. Solo eran unos días. ¡Y quizás hasta podrían quedarse con ella para siempre! Miel podría llegar a ser la compañera perfecta de Chico.

—¿Verdad, Chico? —preguntó Charles mientras acercaba a su mascota.

Los perritos juntaron sus narices y comenzaron a olisquearse felices. Charles estaba seguro de que ese era el inicio de una hermosa amistad.

Choco y la otra perrita también llamada Miel no querían perderse la fiesta y se subieron a las piernas de Charles. Un minuto después salieron corriendo hasta donde estaba Sammy, para luego comenzar a correr por la librería. Coco iba detrás de ellas. No pasó mucho tiempo antes de que derribaran un mostrador y lanzaran docenas de libros al piso.

Jerry les silbó a los perros.

—Suficiente por hoy —dijo.

—Sí, ya es hora de que me vaya a casa a preparar la cena —dijo Mary mientras abrochaba las correas de sus perras. Luego se agachó y le dio un abrazo y un beso a Miel—. Te voy a extrañar mucho, dulzura. Pero sé que estarás bien con la familia de Charles.

Miel daba saltitos de felicidad y movía su colita.

¡Me encantan las personas que me tratan bien!

Charles encontró la correa de Miel y se la puso.

—¿Puedes llevar a Chico? —preguntó a Sammy.

Cuando los chicos iban saliendo de la librería, arrastrados por los dos cachorritos juguetones, Charles escuchó que alguien lo llamaba.

—¡Oye, Charles!

Charles se volteó y vio que un chico alto y delgado caminaba hacia él. Era Harry, uno de los chicos más populares del barrio y la estrella del equipo de béisbol de la secundaria. Harry también tenía un viejo convertible rojo, lo que lo hacía incluso más popular. Charles y Harry se habían hecho amigos cuando la tía y la prima de Harry adoptaron a Princesa, una terrier Yorkshire pequeñita que la familia Peterson había cuidado.

—¡Hola, Harry! —dijo.

A Charles le pareció la oportunidad perfecta de presentarle a Sammy a este amigo tan especial, aunque fuera mayor que ellos.

Pero en ese momento se dio cuenta de que Harry no venía solo.

CAPÍTULO TRES

—¡Rápido, carga a Chico! —dijo Charles mientras recogía la correa de Miel hasta agarrarla por el collar—. No podemos distraer la atención de ese perro.

Charles había visto a un perro grande color marrón (sabía que Lizzie le diría que era un labrador chocolate) con un chaleco anaranjado que decía PERRO GUÍA. El perro caminaba entre Harry y una hermosa chica que venía en una silla de ruedas.

—¡Charles, mi amigo! —dijo Harry levantando el brazo para chocar la mano con el niño—. ¿Cómo te va?

—¡Genial! —dijo Charles. Miel hacía fuerza para presentarse ella también, pero en cuanto Charles le chocó la mano a Harry, la agarró con más fuerza—. Se llama Miel y es una nueva cachorrita que mi familia va a cuidar —dijo Charles y se volteó hacia Sammy—. Él es mi amigo Sammy.

—Ella es mi novia, Dee, y su perro Murphy —dijo Harry mientras acariciaba la cabeza del perro color marrón—. ¿Qué hacen por aquí?

—Estábamos en la librería —respondió Charles—. Trajimos a Chico para que se reuniera con sus hermanas y su mamá.

—¡Qué bien! —Harry se agachó para acariciar las orejas de Miel—. Qué perrita tan linda.

Charles sabía que a Harry le fascinaban los perros. De hecho, él también tenía un labrador chocolate, enorme y travieso, llamado Zeke.

—¿Cómo está Zeke? —preguntó Charles.

—Se quedó en casa. No lo trajimos porque algunas veces desconcentra a Murphy —dijo Harry, bajando la vista para mirar a su novia.

—Murphy sabe que no puede jugar mientras está trabajando —dijo Dee con una sonrisa.

La chica acariciaba el lomo de Murphy, que

estaba sentado muy tranquilo observando a su dueña con sus hermosos ojos. Cuando Dee pronunció su nombre, movió suavemente la cola. Charles notó que Dee y su perro tenían una excelente relación.

—¿Qué tipo de perro guía es Murphy? —preguntó Charles—. Quiero decir, ¿qué es lo que hace?

—¿Quieres ver? —dijo Dee—. A Murphy le encanta hacer demostraciones.

—Por supuesto que sí —contestó Sammy antes de que Charles abriera la boca.

Dee les guiñó un ojo. Entonces se inclinó y dejó caer su bolso.

—¡Ay, no! —dijo cuando el bolso tocó la acera.

Al instante, Murphy saltó y agarró con delicadeza el bolso entre sus dientes y lo puso con mucho cuidado sobre las piernas de Dee. Luego se sentó y siguió observando a su dueña.

—Muy bien —dijo Dee.

La cola de Murphy volvió a moverse.

—¡Genial! —dijo Charles.

—¡Increíble! —dijo Sammy—. ¿Qué más hace?

—Todo tipo de cosas —dijo Dee—. Desde que me quedé sin poder caminar, la ayuda de Murphy ha sido extraordinaria, lo mismo llevando paquetes que alcanzándome cualquier cosa. Me sirve de apoyo cuando me siento o me levanto de la silla de ruedas, y si me caigo, me ayuda a levantarme. Sabe encender la luz y abrir la puerta, y también me ayuda a ponerme y a quitarme la ropa. ¡Uno de sus trabajos favoritos es quitarme las medias! Todas las mañanas me tiende la cama —dijo mirando a su perro—. ¿Verdad, Murphy?

Ahora la cola de Murphy se movía más rápido. Charles estaba seguro de que Murphy sabía que Dee estaba hablando de él. En ese momento, el perro lanzó un ladrido como queriendo decir: ¡Así es! ¡Yo sé hacer todo eso!

—¡A mi mamá le encantaría! —dijo Sammy—. Yo nunca me acuerdo de tender mi cama. ¿Cómo puedes enseñar a un perro a tender la cama?

Charles sabía lo que estaba pasando por la cabeza de Sammy: enseñarle a Canela a tender su cama.

—Pues si te digo, te miento —respondió Dee—. Yo no fui quien lo entrenó. Lo conseguí a través de un grupo llamado Tu Mejor Amigo es un Perro Guía. Murphy fue a la escuela durante mucho tiempo para aprender a hacer todas esas cosas. ¿Pero quieres que te diga algo? Lo más importante de Murphy no es lo que sabe hacer. Lo más importante es que es mi mejor amigo y siempre está a mi lado cuando lo necesito. ¿Cierto, Murphy? Tú eres mi mejor amigo, ¿verdad?

Murphy se levantó, soltó otro ladrido y su cola casi se le cae de tanto moverla.

Miel le respondió ladrando también.

¡Hola! Tú pareces ser un buen amigo. ¡Me gustaría olisquearte!

El ladrido de Miel fue como una versión en miniatura del de Murphy. La perrita se movía y tiraba de la correa para acercarse al perro.

—Está bien —dijo Dee—. Deja que lo salude.

—¿Y Chico? —preguntó Sammy, que estaba forcejeando con el cachorrito.

—Chico también —respondió Dee—. Murphy les dejará saber si lo están molestando demasiado. Él no tiene pena.

Charles y Sammy dejaron que los cachorritos se acercaran a Murphy, sujetando con cuidado las correas. Miel era más grande que Chico, pero los dos eran mucho más pequeños que el labrador. Los cachorritos se empujaban y rodaban por la acera boca arriba mostrando sus pancitas rosadas. Se revolcaban felizmente mientras Murphy los olisqueaba.

Después se subieron encima de él al mismo tiempo. Chico se enredaba entre las patas delanteras de Murphy mientras Miel le mordisqueaba las orejas, el cuello, el hocico... todo.

Murphy dejó que se divirtieran unos minutos. Entonces, Charles vio que puso su pata enorme sobre el lomo de Chico y abrió su enorme bocaza para mordisquear suavemente a Miel. Los dos perritos retrocedieron inmediatamente.

—¿Ves? Murphy sabe cómo controlar a los cachorros —dijo Dee riendo mientras su perro ponía orden—. Él sabe cómo decir que ya fue suficiente.

—Miel es preciosa —dijo Harry—. ¿Desde cuándo la tienes?

—Desde hace media hora —respondió Charles y tragó en seco cuando se acordó de que todavía sus padres no sabían nada de la perrita—. Tenemos que irnos. Encantado de conocerte a ti y a tu perro, Dee —añadió apurado.

—Nos vemos —dijo Harry, chocando otra vez las manos con Charles.

—Oye, deberíamos invitarlos a nuestra fiesta —dijo Dee a Harry, y se volteó para mirar a Charles y Sammy—: ¿Quieren venir? Celebraremos el Día de San Valentín en el centro comunitario Fairview el miércoles por la tarde. No será nada del otro mundo, habrá bizcochos, haremos algunos juegos y cosas por el estilo. Allí conocerán a otras personas que también tienen perros guía.

Charles pensó que sería muy divertido.

—Allí estaremos —contestaron Charles y Sammy al mismo tiempo.

—¡Perfecto! Nos vemos entonces. Y buena suerte en la búsqueda de un hogar para Miel —dijo Dee mientras los chicos se alejaban caminando.

CAPÍTULO CUATRO

—Sí, vamos a necesitar suerte para encontrarle un hogar a Miel —dijo Charles mientras caminaban de regreso—. Pero más suerte necesitaré cuando llegue a casa y mi familia me vea entrar con un nuevo cachorrito.

—No te preocupes —dijo Sammy—. Confía en mí, verás que todo saldrá bien.

La respuesta de Sammy no alentó mucho a Charles. Sammy no siempre hacía uso de lo que la mamá de Charles llamaba "buen juicio". Pero era demasiado tarde para ponerse a pensar en eso. Ya estaban llegando a casa, con Miel y Chico muy contentos caminando por la acera. Miel llevaba las orejas paradas, la cola levantada y parecía feliz. Movía la cabeza de un lado a otro, observándolo todo. Era una perrita muy linda y a Charles no le cabía en la cabeza que su mamá no aceptara cuidar de ella por unos días.

Cuando llegaron a casa de Charles, el auto de la Sra. Peterson no estaba estacionado en la entrada. Pero ya Lizzie había regresado del refugio de animales.

—¡Hola! —dijo Lizzie—. ¡Estoy aquí!

Lizzie estaba acostada en el sofá de la sala leyendo un libro. Si Charles hubiera tenido que adivinar, habría dicho que se trataba de un libro sobre perros. La chica se levantó de un salto y dejó caer el libro cuando vio a Miel.

—¿Y esta perrita tan linda? —dijo extendiendo la mano para que Miel pudiera olisquearla—. Ven aquí, cachorrita mía. ¿Sabes? Es una labrador.

Lizzie siempre sabía las razas de los perros. Las había aprendido en el cartel "Razas de perros del mundo" que tenía colgado en su cuarto. Y casi siempre acertaba cuando decía si un cachorrito era macho o hembra.

—Se llama Miel. ¿Tú crees que mamá y papá

quieran tenerla aquí un tiempo? —preguntó Charles.

Lizzie se daba palmadas en las piernas invitando a Miel a que subiera a su regazo. Miel saltó sobre el sofá y luego trató de acomodarse sobre la niña.

—Por supuesto que querrán —dijo Lizzie—. ¿Cómo se van a negar?

—¿Dónde está mamá? —preguntó Charles.

—Fue a casa de la Sra. Pritchard a recoger a Frijolito —respondió Lizzie.

La Sra. P. era la nueva niñera de Frijolito.

Lizzie se levantó con mucho cuidado y puso a Miel en el piso. Luego cargó a Chico para que no se pusiera celoso.

—¡Te quiero mucho, chiquitico! —dijo, le dio un beso en el hocico y salió corriendo a su cuarto.

La Sra. Peterson llegó a casa un minuto después. Traía a Frijolito en sus brazos, recostado en un hombro y con los ojos medio cerrados.

—¡Mamá! —gritó Charles.

Pero ella se llevó un dedo a los labios, pidiéndole que no hiciera ruido.

—*Psss*... voy a acostar a Frijolito para que duerma un rato más y así yo puedo terminar el artículo que estoy escribiendo. —Justo en ese momento notó la presencia de Miel—. Pero... ¡Qué cachorrito tan grande! ¿Lizzie lo trajo del refugio de animales?

Charles negó con la cabeza. Casi iba a decirle que había sido él quien lo había traído a casa cuando su mamá se dirigió a Sammy:

—¿Entonces es tuyo? ¡No puedo creer que tus padres hayan aceptado tener otro perro en casa!

Y diciendo esto, sin que los niños pudieran decir ni una palabra, subió las escaleras para acostar a Frijolito.

Charles y Sammy se miraron sorprendidos.

—Bueno —dijo Sammy—, en realidad no le dijiste una mentira.

—No —dijo Charles con tristeza—. Pero tendré que decirle la verdad muy pronto. Y ella va a pensar que le mentí, aunque no haya sido mi intención.

En ese momento, Lizzie bajó las escaleras con la

cámara y comenzó a tomarles fotos a Miel y a Chico con la ayuda de los niños. Primero intentaron sentarlos juntos, pero los cachorritos querían lamer a Lizzie y su cámara. Entonces, Charles le dio a Chico uno de sus juguetes, una pequeña cuerda anudada, y, al instante, Miel comenzó a halarla por un extremo. Los cachorritos tiraban de la cuerda tratando de quitársela uno al otro. Comenzaron a corretear por la sala gruñendo y dando volteretas.

Lizzie, Charles y Sammy no paraban de reír cuando Charles escuchó a su mamá llamar a Lizzie desde el piso de arriba.

—Lizzie, ¿puedes ver qué quiere Frijolito? Oí que me estaba llamando, pero tengo que terminar de escribir este párrafo.

—Me imagino que quiere que le lea el libro de la ranita Froggy por enésima vez —protestó Lizzie—. Es lo único que lo mantiene tranquilo por un rato.

Lizzie le entregó la cámara a su hermano y subió las escaleras.

Charles y Sammy siguieron jugando con los

cachorritos. Ahora Chico estaba peleando con Miel porque le había cogido su patito amarillo de peluche. El perrito lanzó al aire su juguete y corrió tras él. Miel perseguía a Chico tratando de quitárselo, hasta que lo mordió con tanta fuerza que lo rasgó.

—¿Qué fue eso? —preguntó Charles.

¡Ay, no! Fue sin querer.

Miel soltó el patito enseguida y miró a Charles. Se acostó y se viró boca arriba, lo mismo que había hecho cuando conoció a Murphy.

¿Me perdonas?

—Está bien —dijo Charles—. Ya sé que fue sin querer. Lo que pasa es que eres un cachorrito muy grande y muy fuerte.

Al instante, Miel se enderezó, se levantó y agarró al patito antes de que Chico pudiera agarrarlo.

Charles escuchó los gritos de Frijolito y después

sus pasitos dirigiéndose hacia la oficina de su mamá. Pero el juego con los cachorritos estaba tan divertido, que se hizo el que no había escuchado nada. Hasta que su mamá lo llamó.

—¡Charles! ¿Puedes subir a ayudar a Lizzie? A lo mejor si juegas un rato con Frijolito él se tranquiliza. Yo terminaré lo que estoy haciendo en cinco minutos.

Entonces Charles dejó a Sammy encargado de los cachorritos y subió a jugar con su hermanito. Encontró a Lizzie y a Frijolito en la oficina de su mamá. Frijolito estaba tratando de llamar la atención de su mamá mientras ella intentaba inútilmente escribir en la computadora.

—¡Mírame! —dijo Charles a Frijolito.

Charles hizo una mueca, comenzó a hacer sonidos y se rascó las axilas como si fuera un mono. A Frijolito le encantaba ese juego y siempre dejaba lo que estuviera haciendo para ver a su hermano.

Pero esta vez nada podía tranquilizarlo. Lo único que hacía era gritar: "¡Mamá! ¡Mamá!", mientras le halaba el brazo. Lloriqueaba y hacía pucheros, con sus grandes ojos llenos de lágrimas. Extendía sus manitos, como cuando Chico levantaba la pata para pedir una galletita. (A veces a Frijolito le gustaba actuar como un perro).

Al fin, la mamá de los niños terminó.

—Terminé, mi niño —dijo sentando a Frijolito en sus piernas. Al momento el pequeño dejó de llorar—. Vamos a ver a Sammy y su nuevo cachorrito, ¿quieres? Es tan lindo que por un momento deseé que fuera nuestro.

—Bueno —dijo Charles—, en ese caso, creo que te tengo una buena noticia.

CAPÍTULO CINCO

Charles tenía que reconocer que su mamá tenía buen sentido del humor. Cuando él le explicó el malentendido con Miel, ella soltó una carcajada.

—Bueno, en parte fue mi culpa. Entré corriendo a terminar de escribir mi artículo —dijo inclinándose para acariciar a Miel—. Y esta es la cachorrita más linda que he visto en mi vida. Después de Chico, por supuesto.

Esa misma noche, los padres de Charles aceptaron quedarse con Miel hasta encontrarle un buen hogar. La Sra. Peterson también estuvo de acuerdo en llevar a Charles y a Sammy a Fairview para la fiesta de San Valentín.

—Siempre y cuando yo cuide a Miel mientras estén en la fiesta —dijo la Sra. Peterson.

Ese miércoles, Charles le contó la historia a Harry y a Dee. Él y Sammy llegaron temprano al centro comunitario y ayudaron a Dee a decorar el salón.

—Mamá está encantada con Miel —dijo Charles moviendo la cabeza.

—¿Y quién no? —preguntó Dee.

—Es que no sabes —dijo Charles—. A mi mamá siempre le han gustado los gatos. Normalmente no le entusiasma mucho la idea de que traigamos perros a casa; menos Chico, por supuesto —agregó mientras trataba de hacerle un nudo a un globo rosado tan grande que le tapaba toda la cara.

—A lo mejor se quedan con Miel para siempre —dijo Harry, y le quitó el globo a Charles para hacer el nudo—. ¡Sería fantástico!

—Sería genial —dijo Charles—. ¡Miel es una cachorrita muy dulce! Es tierna y madura. No como algunos cachorritos inquietos que hemos recogido.

Mientras seguían inflando los globos, Charles les contó un poco de Golfo, el neurótico Jack Russell terrier, y de Chato, el travieso pug; dos fieritas que los Peterson habían tenido en casa.

—Pero Miel no es como ellos —añadió Charles—. Miel no molesta con sus ladridos, ni se sube encima de las personas, ni les lame la nariz. Le gusta jugar con Chico y corretear por toda la casa, pero eso es normal en un cachorrito. No es como Princesa, que anda destrozándolo todo —dijo mirando a Harry.

—Yo no conocí a Murphy cuando era cachorro —dijo Dee—, pero mi amiga Mimi, que trabaja en el grupo de Perros Guías, me contó que Murphy era así también, muy tierno y tranquilo.

Dee le sonrió a su enorme perro marrón y le lanzó un globo. Murphy lo tocó suavemente con el hocico y lo fue empujando hasta devolvérselo a su dueña.

—¡Pero también sabe jugar a la pelota! —exclamó Sammy—. ¡Murphy, tú eres lo máximo!

La cola de Murphy daba golpecitos contra el suelo de la alegría.

—Bueno —dijo Dee—, creo que ya es suficiente con estos globos. Además, ya empezaron a llegar nuestros invitados.

Efectivamente, el centro comunitario estaba lleno de globos. Charles vio entrar a tres o cuatro chicos en sillas de ruedas. Una chica llegó en una patineta roja y Charles se acercó para verla mejor. Después llegaron dos perros guías con sus chalecos anaranjados, un labrador negro que pertenecía a la dueña de la patineta y un retriever dorado junto a un chico en una silla de ruedas. Muchos de los invitados correteaban por el salón y se lanzaban los globos mientras otros se acercaban a la mesa llena de dulces, galletitas y refrescos.

—Ha venido mucha gente —dijo Dee—. Seguramente porque la fiesta está patrocinada por el Centro para Vida Independiente de nuestra ciudad, que enseña a las personas discapacitadas a ayudarse mutuamente. Pero a nuestra fiesta puede venir todo el que quiera. La gente sabe que siempre la pasamos bien. Vengan, les voy a presentar a algunos de mis amigos mientras Harry termina de acomodar los globos.

Primero les presentó a Dakota, la chica de la patineta. Su labrador negro se llamaba Boomer. Se lo habían dado en Perros Guías. Era un perro muy sociable. Dakota les contó todo lo que el perro sabía hacer. Después conocieron a Steven y su golden retriever, Kramer, que también era de Perros Guías. ¡Kramer era increíble! Podía recoger cualquier cosa del suelo, desde unas llaves hasta un billete, y devolvérselo a su dueño.

—Y a Noah ya probablemente lo conocen —dijo Dee mientras se acercaban a la mesa llena de dulces—. Él va a la misma escuela que ustedes, ¿verdad?

Charles enseguida reconoció al niño en la silla de ruedas que estaba tratando de alcanzar un dulce. Lo había visto muchas veces por los pasillos y el patio de su escuela.

—Hola —dijo—. Me llamo Charles.

—¿Tú eres el hermano de Lizzie Peterson, cierto? —preguntó el chico—. Ella está en mi salón.

—¡Así que tú eres Noah! —dijo Charles, que había escuchado a Lizzie hablar del chico—. El artista, ¿verdad?

—Bueno, quizás —respondió con modestia.

—Por supuesto que es un artista —dijo Dee—. Noah sabe dibujar cualquier cosa.

—¡Claro! ¿Tu cartel no fue el ganador del concurso de la Semana de Prevención de Incendios? —preguntó Sammy.

—Desde que está en kindergarten sus carteles han ganado ese concurso año tras año —dijo Charles antes de que Noah pudiera contestar—. Lizzie se pasa todo el tiempo hablando de ti. Pero yo no sabía que tú...

Charles se quedó mudo.

—¿No sabías que estaba en una silla de ruedas? —preguntó Noah—. ¡Genial! Me gusta mucho que mis amigos hablen de mí sin mencionar que estoy en una silla de ruedas. ¿Quién quiere que lo identifiquen como el niño de la silla de ruedas?

—Noah, ¿por qué no les muestras algunos de tus dibujos? —dijo Dee, e inmediatamente añadió—: Voy a servir más refresco.

Les hizo un guiño a Charles y Sammy, advirtiéndoles que no se comieran todos los dulces, y se fue con Murphy.

Noah sacó un cuaderno del bolsillo de su silla de ruedas y les enseñó a Sammy y a Charles docenas de dibujos hechos con lápices de colores.

—¡Son todos de perros! —dijo Charles.

Eran hermosos retratos de Murphy, Boomer, Kramer y muchos otros perros.

—Es que me encantan los perros —dijo Noah—. Definitivamente, son muy divertidos para dibujar.

Sammy se inclinó sobre el cuaderno para poder ver más de cerca los dibujos.

—¡Ufff! ¡Mira este gran danés! Tú eres buenísimo.

—No es nada del otro mundo —dijo Noah—. Y es bastante sencillo de hacer. Si quieren puedo enseñarles a dibujar un perro. Vengo aquí casi todos los días después de la escuela, así que les puedo dar unas clases.

Sammy y Charles se miraron y sonrieron. Charles sabía que los dos estaban pensando lo mismo. ¡A lo mejor, con la ayuda de Noah, podrían terminar su libro!

CAPÍTULO SEIS

Las clases de dibujo comenzaron al día siguiente. Charles y Sammy llegaron al centro comunitario con papel, lápices y borradores en mano. Y también llevaron páginas y páginas con chistes de perros, todos los que venían coleccionando desde hacía mucho tiempo.

El sitio estaba mucho más tranquilo que la noche anterior. Dee y Murphy no estaban por allí, ni ningún otro niño con su perro guía. Solo había algunos chicos de secundaria haciendo tareas y un par de chicas jugando con algunos globos rosados que quedaban en el salón.

Charles y Sammy tomaron cada uno una galletita en forma de corazón que estaban en un plato con las sobras de la fiesta y se acomodaron en una mesa.

Cuando Noah escuchó los chistes de los chicos, se partió de la risa. Después, contó uno que él mismo había inventado:

—¿Qué sale del cruce de un perro ovejero y una rosa?

Charles y Sammy no supieron qué decir.

—¡Un collie-flor!

Los tres soltaron una carcajada.

—Buenísimo —dijo Charles.

—Chiste número noventa y nueve —dijo Sammy.

—Y así es como podrían ilustrar este chiste —dijo Noah.

Se inclinó sobre su escritorio portátil y esbozó unos trazos sobre el papel. De pronto, apareció un fabuloso dibujo y Charles descubrió la cabeza de un perro collie que se asomaba en un capullo de rosa.

—¿Cómo hiciste eso? —preguntó Sammy con los ojos muy abiertos.

Noah encogió los hombros.

—Prueba tú —dijo—. No es tan difícil. Mira,

primero haces un triángulo, entonces dibujas un círculo aquí, trazas un óvalo en esta parte y dos triángulos pequeños que van a ser las orejas.

Dibujaba y explicaba al mismo tiempo, mientras un nuevo perro iba apareciendo en el papel.

—¡Despacio, despacio! —dijo Charles, que intentaba imitar el dibujo en su papel—. ¡Espera!

Noah volvió a empezar.

—Primero el triángulo, después el círculo... —dijo mientras dibujaba más despacio.

Charles y Sammy intentaron copiar cada trazo. Pero cuando terminaron, solo uno de los dibujos parecía un perro: el de Noah.

—No me va a salir nunca —protestó Sammy.

—Todo es cuestión de práctica —dijo Noah—. Sigue intentándolo. Si haces diferentes formas, entonces te salen diferentes tipos de perro. Por ejemplo, con un óvalo más alargado puedes hacer un perro salchicha.

Casi diciendo esto, en un abrir y cerrar de ojos, Noah dibujó un salchicha montando en patines.

Charles miró fijamente su papel. Sus círculos,

triángulos y óvalos parecían más bien garabatos; es más, parecían un dibujo de Frijolito. Respiró profundo, le dio la vuelta a la hoja y comenzó de nuevo.

—Háblenme más de Miel —dijo Noah mientras dibujaban. Se había mostrado bastante interesado la noche anterior, cuando Sammy y Charles le contaron sobre el nuevo perrito que cuidaba la familia Peterson—. ¿Tiene el hocico negro o marrón?

—Negro —respondió Charles—. Y los ojos marrones tan oscuros que parecen negros también, con unas pestañas largas y oscuras.

—¿Bonita, verdad? —preguntó Noah y siguió dibujando.

—Tiene una cara alegre y juguetona —añadió Sammy—. Parece que siempre está feliz, como Canela, mi cachorrita.

—Y también es inteligente como Canela —dijo Charles—. Ya Miel aprendió a recoger todo lo que Frijolito riega: las medias, los juguetes. Además, es grandísima. ¡Tienes que ver el tamaño de sus patas! ¡Son inmensas! Y dice Lizzie que todavía le falta crecer un poco más.

Charles miró su nuevo dibujo. Otro garabato. Arrugó su papel antes de que Noah lo viera y comenzó otro.

Sammy también estrujó el suyo.

—¡Puaj! —dijo frustrado.

—¡Relájense! —dijo Noah—. Tienen que dejar que el dibujo fluya de manera natural.

—Sí, para ti es muy fácil decirlo —protestó Sammy. Pero, sin desanimarse, buscó otro papel para intentarlo una vez más.

—¿Y qué más me pueden decir de Miel? —preguntó Noah.

—Cuando tiene hambre, golpea su plato de comida —dijo Charles—. Es increíble. Lo va empujando con la pata por toda la cocina hasta que alguien le sirve la comida.

—Dee también me ha contado historias parecidas sobre Murphy —dijo Noah riendo—. Es un perro muy inteligente.

—¿Verdad que Murphy es el mejor? —preguntó Charles.

—Así es —respondió Noah—. Quién sabe, a lo mejor un día yo puedo tener un perro guía como Murphy.

De pronto, Sammy dejó de dibujar.

—Un momento —dijo—. ¿Y si Miel fuera tu guía?

Noah se quedó boquiabierto.

—¡Eso sería genial! —dijo—. Pero no creo que yo tenga edad suficiente.

—¿Cómo que edad suficiente? —preguntó Sammy confundido—. Tú eres mayor que Charles y que yo, y nosotros ya tenemos perros.

—Pero Sammy —dijo Charles poniendo su lápiz sobre la mesa—, ¿acaso no habría que entrenar a Miel?

—Claro, pero Lizzie seguramente puede hacerlo —respondió Sammy agitando la mano—. Ella sabe todo lo necesario para entrenar un perro.

Charles recordó cuando su familia recogió a

Sombra, un labrador negro que ahora estaba siendo entrenado para ser el perro guía de una persona ciega. Él sabía que ese entrenamiento era mucho más complicado.

—¿Y acaso no dijo Dee que lo más importante es que Murphy es su mejor amigo? ¡Pues Miel puede ser la mejor amiga de Noah a partir de hoy mismo, sin ningún entrenamiento! —añadió Sammy, que parecía realmente emocionado.

En ese instante, Noah corrió los brazos y Charles vio el dibujo que el chico acababa de hacer.

—¡Impresionante! —dijo Charles, sin poder creer lo que veía. Era el dibujo de un niño en una silla de ruedas (un niño que era idéntico a Noah), acompañado por un perro que llevaba un chaleco de PERRO GUÍA—. ¿Cómo hiciste eso? ¡Tú nunca has visto a Miel, y ese perro luce exactamente como ella!

Así mismo era. La perra que Noah había dibujado era igualita a Miel.

—¿Tú la describiste, verdad? —dijo Noah—.

Tengo la sensación de que yo también conozco a Miel. —Arrancó la página y se la dio a Charles—. Puedes quedarte con el dibujo si quieres.

Charles se quedó pensativo por un momento y, de pronto, todas sus dudas sobre la idea de Sammy desaparecieron.

—¿Sabes algo? —dijo a Noah—. Sammy tiene razón. Tú y Miel están hechos el uno para el otro. Ya buscaremos la manera de que puedas quedarte con ella. ¡Te lo prometo!

CAPÍTULO SIETE

—¿Qué? —dijo Lizzie mirando a Charles.

La chica tenía los brazos cruzados y parecía molesta.

Charles desvió la mirada y luego miró al suelo.

—Que se lo prometí —susurró—. Le prometí a Noah que Miel sería su perro guía.

Charles había pensado que a Lizzie le gustaría la idea. A ella le encantaba buscar el hogar perfecto para los animales que su familia cuidaba.

Charles le habló a Lizzie sobre el dibujo de Noah y lo mucho que él deseaba tener un perro guía. También le contó que él, Charles, había hecho una promesa que no sabía si podría cumplir. Y no sabía por qué, pero le había dado la impresión de que Noah había tomado muy en serio su palabra.

Lizzie no paraba de mover la cabeza.

—¿Pero en qué estabas pensando? ¿Tú crees que eso es fácil? ¿Se te olvidó lo que pasamos con Sombra? ¿Te volviste loco? ¿Sabes lo decepcionado que quedará Noah si esto no funciona? —dijo.

Charles no sabía por dónde empezar a contestarle. Por el momento, sospechaba que había cometido un gran error. Pero esa no fue su intención. Ahora iba a tener que decirle a Noah que a lo mejor no era buena idea, que probablemente no iba a funcionar. Y no podría evitar verlo, ya que habían acordado ir a un juego de baloncesto para chicos discapacitados dentro de dos días.

—Yo no... —dijo Charles.

Se agachó para acariciar las suaves orejas de Miel. Hasta ese momento, Miel había estado correteando por la sala con Chico y ahora los dos iban a dormir una siesta. Miel recostó su cabeza sobre las piernas de Charles y se quedó dormida al instante. ¡Se sentía tan suave y calentita! La perrita levantó la cabeza y, como si entendiera que Charles estaba preocupado, le lamió tiernamente el cachete.

¡Está bien! ¡No te preocupes! ¡Verás que todo va a salir bien!

Lizzie hizo un gesto de desesperación.

—Es que hablaste sin pensar —suspiró Lizzie—. Miel es una perrita adorable, y aunque ya está bastante grande, aún es una cachorrita. Todavía no puede ser guía. Primero debe tomar clases con verdaderos entrenadores, como la familia Downey, que crió a Sombra, ¿te acuerdas?

Claro que Charles se acordaba. Todos los miembros de esa familia eran verdaderos criadores de cachorros. Las familias que acogían perros para entrenarlos debían enseñarles buenos modales y asegurarse de que los perritos estaban creciendo sanos y fuertes. ¿Pero acaso Miel no estaba bien criada? A lo mejor solo necesitaba pasar un poquito más de tiempo con una persona que la cuidara.

Charles le besó la cabeza a Miel.

—¿Y si nosotros nos convertimos en criadores de cachorros?

Charles no se podía imaginar lo divertido que

sería jugar con Miel y Chico todos los días y ver a Miel crecer y convertirse en una perra grande y preciosa, como Murphy.

—Dudo que eso suceda —dijo Lizzie moviendo la cabeza—. Miel tendrá que ir a un centro de entrenamiento para aprender todo lo que debe saber un perro guía —dijo cruzando otra vez los brazos mientras se alejaba, derrumbando el sueño de Charles—. Si logra pasar el entrenamiento (¡y no todos los perros lo logran!), entonces será asignada a una persona que la necesite. ¿Quizás Noah? A lo mejor. Pero será de aquí a mucho tiempo.

Todo lo que Charles necesitaba escuchar era "a lo mejor". O sea, que aún existía una posibilidad. Todavía no estaba dispuesto a renunciar a la promesa que le había hecho a Noah.

En ese momento, entró la Sra. Peterson a la sala. Charles escuchaba a su papá en el piso de arriba, preparándose para bañar a Frijolito. Estaban cantando la canción del abecedario. Frijolito solamente se la sabía hasta la G; después de esa letra, decía la que primero le viniera a la mente. Algo así: "A, B, C, D, E, F, G", y luego, con la misma melodía: "T, L, B, C, L, B, C". Frijolito tenía fijación con la C y la L porque sabía que con esas letras empezaban los nombres de sus hermanos.

—¿Qué está pasando? —preguntó la Sra. Peterson. Caminó hasta ellos y se sentó en el suelo, junto a Charles, para también poder acariciar a Miel—. ¿Qué pasa? Los escuché discutir cuando venía bajando las escaleras.

—Charles cree haber encontrado un hogar para Miel —dijo Lizzie.

A Charles le pareció ver un reflejo de tristeza en el rostro de su mamá. Pero, de pronto, la Sra. Peterson sonrió.

—¿Verdad? —preguntó—. Me parece... me parece fantástico.

—Pero eso es imposible —continuó Lizzie—. Charles cree que podemos entrenar a Miel para que sea el perro guía de Noah. ¡Él no entiende que eso no funciona así!

—Yo tampoco creo que sea posible —dijo la Sra.

Peterson. Se inclinó y acarició la cabeza de Miel—. Nosotros quisimos entrenar a Sombra y nos dijeron que ustedes eran demasiado jóvenes. Pero desde entonces hemos amparado a muchos cachorritos. Ya tenemos más experiencia. ¿Quién sabe? ¡A lo mejor nos dejan darle las primeras lecciones a Miel!

Charles y Lizzie se miraron sorprendidos. No habían visto a su mamá tan ilusionada con un perrito desde que trajeron a Chico a casa. Realmente, su mamá deseaba quedarse con Miel la mayor cantidad de tiempo posible.

—Estaba pensando pedirle a Dee que nos aconseje —dijo Charles—. ¿Conoces a la novia de Harry? ¿La dueña de Murphy?

—¡Me parece muy buena idea! —dijo la Sra. Peterson.

—¡Como quieran! —dijo Lizzie levantando nuevamente los brazos y dándose por vencida.

Al día siguiente por la noche, Dee y Harry visitaron a la familia Peterson. Costó un poco de trabajo entrar la silla de ruedas de Dee por la puerta trasera de la casa, que era la más ancha. El Sr. Peterson y Harry tuvieron que cargar la silla para subir las escaleras. Charles nunca se había detenido a pensar lo complicado que era hacerlo todo en una silla de ruedas.

—Me muero por ver a Miel otra vez —dijo Dee. Dio una palmadita sobre sus piernas y al momento Miel tenía sus patas apoyadas sobre las rodillas de la chica.

¡Hola! ¡Yo me acuerdo de ti!

Miel no le tenía miedo a la silla de ruedas de Dee. La chica acariciaba suavemente la cabeza de la cachorrita mientras Murphy estaba sentado a su lado, lo más cerca posible. Sus ojos no se despegaban del rostro de Dee, aunque Chico lo molestara, le halara las orejas y le lamiera la cara tratando de llamar su atención. Mientras tanto, Frijolito observaba sorprendido la silla de ruedas.

—Te daré una vuelta antes de irme, ¿te parece bien? —dijo Dee mirando a Frijolito.

—¡Sí! —dijo el niño con una mezcla de timidez y emoción.

Charles y su mamá le explicaron a Dee que creían que Miel podía convertirse en el perro guía de Noah, y que ellos estaban dispuestos a entrenarlo.

Dee los escuchó muy seriamente.

—Es una buena idea —dijo cuando terminaron la explicación—. Estoy de acuerdo en que Miel tiene un potencial increíble. Parece ser una perrita muy inteligente y serena.

Charles y su mamá se miraron y sonrieron. Pero Dee no había terminado de hablar.

—Para comenzar, hay un problema. El grupo Tu Mejor Amigo es un Perro Guía exige que el dueño del perro tenga al menos doce años, y Noah solamente tiene diez.

CAPÍTULO OCHO

Al día siguiente, el Sr. Peterson acompañó a Charles y a Sammy al juego de baloncesto en el que se encontrarían con Noah. Allí también estaba el papá de Noah. El juego de baloncesto tenía lugar en un elegante y amplio gimnasio de una universidad en Middle City. El sitio estaba lleno de fanáticos que gritaban y daban golpes en las gradas, haciendo que estas retumbaran.

—¡Qué chévere! —dijo Sammy.

—¿Buenísimo, verdad? —preguntó Noah—. Espero poder jugar como ellos cuando sea mayor.

—Son muy buenos deportistas —dijo el papá—. Increíble cómo se desplazan por la cancha. ¿Viste con qué facilidad se levantó aquel muchacho cuando se cayó de la silla de ruedas?

Charles no decía ni una palabra. Estaba intentando atender al juego, pero sin olvidar lo que Dee había dicho. ¿Cómo le iba a dar a Noah la mala noticia?

El juego en la cancha era casi imposible de seguir. Charles no podía creer lo rápidos que eran los jugadores. Empujaban sus sillas de ruedas con toda la fuerza de sus brazos, moviéndose de un lado a otro a una gran velocidad. Noah intentó explicar las reglas del juego.

—La principal diferencia entre este juego y uno de baloncesto normal y corriente es que el jugador que tiene el balón solo puede tocar dos veces la rueda de su silla cuando driblea el balón. Igual que cuando un jugador regular camina sin hacer rebotar el balón.

Los jugadores tenían sillas especiales con ruedas muy ligeras inclinadas hacia adentro que permitían rápidos cambios de dirección sin perder el equilibrio. Cuando tres jugadores de un equipo rodeaban a un rival que tenía el balón, sus sillas le impedían escapar y al jugador atrapado no le quedaba más remedio que pasar el balón a uno de sus compañeros de equipo.

—¿Qué equipo es tu favorito? —preguntó Sammy a Noah.

—Conozco a un chico del equipo verde —dijo Noah—. Se llama Justin y algunas veces ha ido a nuestro centro comunitario a entrenarnos. Hasta tengo su autógrafo. ¡Mira, es el que tiene el balón! ¿Lo ves? ¡Es el número veinticinco! ¡Vamos a gritarle!

—¡Arriba, verde! —gritó Sammy justo en el momento en que Justin lanzó el balón a la canasta.

¡Zas! El balón atravesó el aro.

—¡Así se hace, Justin! —gritó Sammy dando un salto de emoción.

Noah golpeaba los brazos de su silla de ruedas y su papá no paraba de gritar.

—¡Arriba, Justin!

Charles también quería gritar, aplaudir y saltar, pero no podía. Le costaba trabajo concentrarse en el juego. ¿Por qué? Muy pronto tendría que darle la mala noticia a Noah. Debía confesarle que no iba a poder cumplir su promesa. Miel no podría ser suya.

Dee había dicho que pensaría en una solución, pero era muy evidente que nada iba a funcionar.

Charles y su familia debían buscar otro hogar para Miel, y Noah iba a tener que esperar (y esperar y esperar) para tener su propio perro guía.

Charles se sentía fatal. Y lo peor de todo era que Noah lo veía como "el chico que me va a conseguir un perro".

El papá de Noah sonrió y le tendió la mano a Charles.

—Hace mucho que no tenemos un perro en casa —dijo—. Ya me han contado que esa perrita es una maravilla. ¡Estoy desesperado por conocerla!

Noah y su papá comenzaron a hablar de los perros que habían tenido en el pasado. Era evidente que a la familia le encantaban los animales y sabían cómo cuidarlos. ¿Cuál era la diferencia con un perro guía? ¿Por qué la familia de Noah no se podía quedar con Miel?

—¡Eso! —gritó Noah levantando los brazos—. ¿Viste eso? ¡Ese pase estuvo fenomenal!

Charles no lo vio. Solo podía pensar en cómo iba a explicarle a Noah lo sucedido. Se sentía muy triste.

Durante el intermedio del partido, se realizó una

competencia de tiro libre para todos los chicos menores de 14 años que estuvieran en la cancha.

—¿Quieren participar? —preguntó Noah.

—¡Yo voy! —saltó Sammy.

Charles negó con la cabeza.

—Creo que mejor doy una vuelta —dijo.

Los padres de los chicos se quedaron conversando sobre el juego mientras Charles observaba a Noah, que se alejaba en su silla de ruedas hasta llegar a la cancha de juego. Allí, comenzó a lanzar el balón junto a Sammy y Dakota, una chica que habían conocido en el centro comunitario. Entonces, Charles recordó a Boomer, el perro de Dakota, un labrador negro que Noah había dibujado.

Justo en ese momento, sintió un golpecito en su hombro.

—¡Hola, Charles!

Eran Dee y Harry.

—No sabía que vendrían —dijo Charles.

—¿En serio? —preguntó Harry—. Nunca nos perdemos un juego. Dee juega en la liga femenina. Es muy buena, deberías ver cómo lanza el balón.

Dee se sonrojó.

—Las chicas de mi equipo son muy buenas jugadoras también —dijo—. En fin. ¡Escúchame, te tengo excelentes noticias! Hablé con mi amiga Mimi y le conté que quieres que Miel sea para Noah.

—¿Sí? —preguntó Charles—. ¿Y qué te dijo?

—Bueno, dijo que yo tenía razón en lo que te expliqué sobre las reglas —contestó Dee e hizo una pausa—. Pero también me dijo que algunas veces las reglas se pueden cambiar.

—¿De verdad? —dijo Charles con una sonrisa.

—Como tú conoces muy bien a Noah y a Miel, ella quiere que le escribas una carta contándole sobre ellos y por qué crees que sería bueno que estuvieran juntos. ¿Podrías hacerlo?

Dee buscó un papel y anotó la dirección de correo electrónico de Mimi.

Charles no lo podía creer. ¡A lo mejor todo se podría solucionar!

—Le escribiré en cuanto llegue a la casa —dijo.

Dee cruzó los dedos.

—Espero que todo salga bien.

CAPÍTULO NUEVE

Noah obtuvo el tercer lugar en la competencia de tiro libre y el equipo verde ganó el juego con un punto de diferencia, pero Charles apenas lo notó. Ya no le preocupaba decirle a Noah que no podría cumplir su promesa, pero comenzó a pensar sobre qué iba a escribir en la carta.

En cuanto llegó a casa, fue corriendo a buscar a Miel.

—¡Ven conmigo, cachorrita! —dijo—. Te necesito para que me inspires.

Charles buscó el patito de juguete de Chico y se lo mostró a Miel. La perrita enseguida comenzó a ladrar, a menear la colita y a saltar para atrapar al pato. Con el juguete en alto, Charles subió las escaleras. Miel lo siguió hasta su cuarto.

—¡Esa es mi chica! —dijo Charles lanzándole el juguete a Miel.

Los dos se tiraron en el piso y comenzaron a jugar. A Charles le hacía mucha gracia cuando Miel agarraba al pato entre sus dientes y lo sacudía, haciendo que el juguete batiera las alas y le diera en el hocico.

Cuando llegó el momento de comenzar a escribir la carta, Charles le dejó el patito a Miel para que se entretuviera. Se sentó a la mesa y abrió su cuaderno, haciendo que un papel cayera al piso. Era el dibujo que Noah había hecho de un chico con su perro guía. ¡Qué dibujo tan impresionante!

—Mira, Miel —dijo Charles mostrándole el dibujo—. ¡Esa serás tú algún día!

Miel miró el dibujo fijamente, aún con el pato en la boca. Charles podría jurar que estaba sonriendo.

¡Qué divertido!

—¡Este dibujo me servirá de inspiración! —dijo Charles.

El chico puso el dibujo delante de él para poder mirarlo mientras escribía. Luego arrancó un papel del cuaderno. A Charles le gustaba hacer un borrador primero y después pasar lo que había escrito a la computadora. Ahora que estaba listo, comenzó a escribir.

Querida Mimi y queridos amigos de Tu Mejor Amigo es un Perro Guía:

Mi nombre es Charles Peterson. Mi familia cuida temporalmente a cachorritos que necesitan un hogar. En este momento estamos cuidando a una perrita llamada Miel. Es una labrador retreiver amarilla, de casi un año. Miel es muy lista, servicial y buena. Sabe recoger cosas del piso y ponerlas en su lugar. Algunas veces ayuda a mi hermano a quitarse las medias y otras cosas por el estilo. Es muy, muy obediente.

—¿Verdad, Miel? —preguntó Charles mirando a la perrita—. ¿Tú eres obediente, verdad?

Miel mordió al pato muy divertida.

¡Sí, soy buena y obediente! Todo el mundo me lo dice.

—Yo pienso lo mismo —dijo Charles y continuó escribiendo.

Creo que Miel puede ser un excelente perro guía. Es juguetona, igual que Murphy cuando era pequeño (eso es lo que dice Dee). Y yo conozco a alguien que necesita un perro guía. Su nombre es Noah. Como Noah no puede caminar, está en una silla de ruedas. Solo tiene diez años y yo sé que debe tener doce para poder tener un perro guía. Pero él es un niño muy maduro y un dibujante muy bueno. Además, su familia ha tenido muchos perros, así que ellos saben cómo tratarlos.

Charles sacudió la mano. ¿Estaría escribiendo demasiado?

Sé que Miel necesita entrenamiento, pero ¿qué tal si mi familia la entrena y, mientras ella aprende, puede vivir con Noah? Así se convertirán en amigos y él también podrá ayudar a entrenarla.

"Cuac, cuac, cuac". Miel mordía cada vez más fuerte al pato de juguete de Chico.

—Estás molestando —dijo Charles, que se moría de ganas de jugar con Miel, pero primero tenía que terminar la carta.

Le prometí a Noah que lo ayudaría para que Miel fuera su perro guía. ¿Pueden ayudarme ustedes a cumplir mi promesa?

Sinceramente,

Charles Peterson

¡Uf! ¡Listo!

—¿Charles? —dijo alguien al otro lado de la puerta—. ¿Estás ahí?

La mamá de Charles entró en el cuarto, se arrodilló en el piso y abrazó a Miel. También le dio un besito en el hocico.

—¿Quién es la niña más dulce? —preguntó.

Miel daba vueltas y le lamía el rostro a la Sra. Peterson, que no paraba de reír entre caricias y abrazos.

Finalmente, ambos dejaron de jugar y la mamá de Charles lo miró.

—Ya sé, ya sé. Es que me gusta mucho esta cachorrita —dijo poniéndose de pie un poco avergonzada y acercándose al escritorio de Charles—. ¿Qué estás haciendo?

Lo primero que se le ocurrió a Charles fue esconder la carta. Entre otras cosas porque quería resolver el problema él solo. Pero entonces tuvo una mejor idea.

—Una carta —contestó—. A lo mejor puedes ayudarme a revisarla.

Era una carta muy importante y Charles quería que quedara perfecta. Le explicó a su mamá de qué se trataba y por qué Dee le había pedido que la escribiera.

La Sra. Peterson se sentó en la cama de Charles y Miel se le subió encima.

—¡Muy bien! —dijo cuando terminó de leer la carta.

Ayudó a Charles a corregir algunas faltas de ortografía y a buscar unas palabras en el diccionario. Después, Charles escribió la carta en la computadora y la envió por Internet a la dirección electrónica de Mimi.

—No vamos a decírselo a nadie hasta que no tengamos noticias —dijo Charles. Esta vez no quería fallar.

La Sra. Peterson se llevó una mano a la boca e hizo un gesto como cerrando los labios con una cremallera.

—¡Tu secreto está a salvo conmigo! —dijo—. Ahora lo único que tenemos que hacer es esperar.

Y no tuvieron que esperar mucho.

Al día siguiente, cuando Charles llegó de la escuela, la Sra. Peterson lo llevó hasta su oficina.

—¿Adivina qué? —preguntó—. Mimi estuvo aquí. Quería conocer a Miel. ¡Y trajo con ella a la mamá y al papá de Noah! Me hizo miles de preguntas y pasaron un largo rato con Miel.

—¿Entonces? ¿Noah se puede quedar con Miel? ¿Nosotros podemos entrenarla? ¿Qué dijo Mimi? —preguntó Charles.

—Bueno —respondió su mamá—. Te tengo buenas y malas noticias.

CAPÍTULO DIEZ

—Chicos, no sabía que vendrían hoy —dijo Noah sorprendido—. ¿Vienen a otra clase de dibujo?

Sammy y Charles habían llegado al centro comunitario y ¡tenían más de una sorpresa que darle a Noah!

—Bueno, hemos traído a unas personas que quieren conocerte —dijo Charles y miró hacia la puerta.

En ese momento entraron Mimi y la Sra Peterson. Charles se las presentó.

—Hola, Sra. Peterson —dijo Noah.

—Hola, Noah. He oído hablar mucho de ti —dijo la mamá de Charles sonriendo.

—Y yo también —dijo Mimi, tratando de alcanzar la mano de Noah para saludarlo—. Mi nombre es

Mimi y trabajo en Tu Mejor Amigo.

—¡Oh! —dijo Noah—. ¿En el centro de perros guías?

—Exactamente —dijo Mimi—. Y te tengo buenas noticias, gracias a Charles que es un escritor muy convincente.

Los ojos de Noah se iluminaron cuando Mimi dijo "buenas noticias".

Entonces Mimi explicó el plan.

—Ayer conocí a Miel. Como nos contó Charles en su carta, es una cachorrita muy madura y se porta muy bien. Y es lo suficientemente adulta para comenzar a entrenarse como perro social.

Charles y su mamá se miraron. Esa era la mala noticia. La familia Peterson ya no podría continuar cuidando a Miel. Pero la buena noticia que Mimi estaba a punto de decirle a Noah la compensaba con creces.

—¿Sabes lo que es un perro social? —preguntó Mimi.

—Mmmm... —dijo Noah.

—Bueno, algunas veces le asignamos un perro a

un niño que es demasiado joven para tener un perro guía. Ese niño, sus padres y el perro, todos juntos, forman un equipo. Se le permite al perro ir a todas partes con el niño, excepto a la escuela, siempre y cuando uno de los padres lo acompañe. Es un programa fantástico. Así el niño y el perro tienen la oportunidad de conocerse y enseñar a todas las personas que conozcan la excelente labor que realizan los perros guías —dijo Mimi y tomó aire para continuar—. Ayer tus padres conocieron a Miel y estuvieron de acuerdo en participar en este programa.

—¿O sea, que Miel y yo vamos a formar un equipo? —dijo Noah con una sonrisa. Pero un momento después cambió de expresión—. ¿Pero y cuando yo crezca? ¿La tengo que devolver?

—No —dijo Mimi—. Si tu equipo hace un buen trabajo (y tengo la impresión de que así será), entonces podrán quedarse con Miel siempre y cuando continúen su entrenamiento hasta que ella se convierta en un perro guía.

—Porque para ese entonces, yo ya seré mayor...

—dijo Noah, sin poder creer la noticia.

—Serás mayor y tendrás un perro guía a tu disposición: ¡Miel! —dijo Mimi muy contenta—. Solo necesitamos saber una cosa más: tenemos que asegurarnos de que tú y Miel se van a llevar bien.

Mimi se volteó hacia la puerta de entrada e hizo un gesto con la mano. Entonces, Lizzie entró con Miel.

—¿Esa es Miel, verdad? —dijo Noah, mientras se enderezaba en la silla.

—Esa es Miel —respondió Charles.

—¡Miel! —dijo Noah sonriente—. ¡Ven aquí, Miel!

Al escuchar su nombre, la cachorrita aceleró el paso impaciente, halando a Lizzie por el salón.

Miel corrió directamente hasta donde estaba Noah y apoyó las patas delanteras sobre sus rodillas.

¡Hola! ¡Hola! ¡Tú y yo vamos a ser muy buenos amigos!

—¡Ay! —dijo Noah mientras la acariciaba—. ¡Qué piel tan suavecita! Y es más linda de lo que yo imaginaba —añadió y se inclinó para besarle la cabeza—. ¡Hola, Miel! ¡Hola, cachorrita!

Charles sintió la mano de su mamá en el hombro. Se volteó y se dio cuenta de que ella iba a extrañar mucho a Miel, tanto como él, pero al mismo tiempo reconocía que Miel y Noah estaban hechos el uno para el otro.

Lizzie miró a su hermano emocionada. Charles sabía que estaba orgullosa de él.

—No puedo creer que al fin haya conocido a Miel —dijo Noah besando a la cachorrita—. No puedo creer que vaya a ser mi perro guía —agregó, y miró a Charles y a Sammy—. Y todo gracias a ustedes, chicos. Les debo una. Si hay algo que pueda hacer por ustedes... lo que sea...

—En realidad, hay algo que puedes hacer por nosotros —dijo Charles—. Teníamos la intención de pedírtelo.

—Como tú sabes dibujar perros tan bien... —comenzó Sammy.

—¿Quisieras ilustrar nuestro libro de chistes? —terminó Charles.

—¡A partes iguales! —prometió Sammy—. Un libro de tres socios. ¡Te harás rico, igual que nosotros!

—¡Será un placer! —dijo Noah sonriendo mientras acariciaba la cabeza de su perrita—. Pero con una condición: ¡Miel tiene que estar en la portada!

SOBRE LOS PERROS GUÍAS

Muchas personas podrían pensar que es injusto darle trabajo a un perro en lugar de dejarlo ser simplemente una mascota. Pero lo cierto es que muchos perros son más felices cuando tienen una responsabilidad. A cada perro le gusta ayudar a su dueño, ya sea como perro guía, como Murphy, o como perro ovejero, como Chispas, o como tu propia mascota, a la que le gusta caminar con elegancia cuando la llevas sujeta con su correa. Dale la oportunidad a tu perro de hacer algo que te enorgullezca… ¡y tú y él se sentirán muy felices!

Querido lector:

¿Puede un perro ser tu mejor amigo? ¡Pregúntale a cualquiera que viva con uno! Los perros hacen reír con sus ocurrencias y brindan apoyo cuando las personas están tristes. Siempre están dispuestos a jugar o a caminar, o simplemente a quedarse acurrucados al lado de su dueño. Los perros saben guardar secretos y son excelentes para hacer nuevos amigos. Les gustan los besos y los abrazos y les encanta compartir el almuerzo. Y lo más importante: los perros siempre te querrán, a pesar de todo. ¡Eso es ser un buen amigo!

Saludos desde el hogar de los cachorritos,

Ellen Miles